푸른사상
시선

102

염소와 꽃잎

유진택 시집

푸른사상
PRUNSASANG

푸른사상 시선 102

염소와 꽃잎

인쇄 · 2019년 5월 25일 | 발행 · 2019년 5월 30일

지은이 · 유진택
펴낸이 · 한봉숙
펴낸곳 · 푸른사상사

주간 · 맹문재 | 편집 · 지순이, 김수란 | 마케팅 · 김두천
등록 · 1999년 7월 8일 제2-2876호
주소 · 경기도 파주시 회동길 337-16(서패동 470-6) 푸른사상사
대표전화 · 031) 955-9111(2) | 팩시밀리 · 031) 955-9114
이메일 · prun21c@hanmail.net / prunsasang@naver.com
홈페이지 · http://www.prun21c.com

ISBN 979-11-308-1435-3   03810
값 9,000원

본 사업은 (재)대전문화재단, 대전광역시에서 사업비 일부를 지원받
았습니다.

푸른사상 시선 102

염소와 꽃잎

"자네가 무언가를 간절히 원할 때, 온 우주는 자네의 소망이 실현되도록 도와준다네."

파울로 코엘료의 장편소설인 『연금술사』에 나오는 구절이다. 살렘의 늙은 왕이 산티아고에게 생각 없이 내뱉은 말인 줄 알았지만 그 말은 사실이었다. 나도 간절히 원해 시집을 내게 되었기 때문이다.

그러나 시집을 낼 때마다 나무에게 미안하다. 나무는 한 개인의 탐욕을 위해 얼마나 중노동에 시달렸는가.

종이를 대주느라 밤낮없이 고생했을 나무에게 졸지에 죄인이 되었다.

내 시집을 위해 쓰러진 나무의 제단에 바칠 흰 꽃 대신 시집을 놓고 용서를 빈다.

2019년 5월
유진택

제2부 고향집은 슬프다

제3부 붉은 오지

제4부 노승과 휘파람새

제1부

사랑과 흑심 사이

붉은 감잎

감나무가 검은 뼈대 드러내자 가을이 저물고 있습니다
길 잃은 새들을 위해 꽃불 훤히 밝히듯
홍시를 등불처럼 매달고 있습니다
홍시를 보며 우짖던 까치 소리 멎은 지 오래되었습니다
감잎만 사랑처럼 붉어져 누군가를 기다리고 있습니다
숙박계를 쓰듯 부리 끝으로
홍시를 쪼아대던 까치의 계절도 서서히 저물고 있습니다

봄밤

호박꽃이 색소폰처럼 벌어진 날이었다
산 녘에 산제비나비 날고 보름달이 만삭일 때였다
평상에 가족들이 제비 새끼처럼 모여 앉아
호박잎쌈 우격다짐으로 입 속에 밀어 넣었다
콧김 푹푹 뿜으며 악다구니로 씹는 입들이
둑에 엎어져 되새김질하는 황소의 주둥이를 닮아간다

나비 1

한평생 독서삼매에 빠진 그를 존경한다

책장 활짝 펼쳐든 그를 보면 희망이 생긴다

그가 독서를 하기 위해

날아간 곳은 꽃들이 만발한 꽃밭

독서삼매에 빠지려면 꿀샘을 빨듯이 해야 한다며

눈은 찬찬히 분홍 꽃술을 읽는다

책장은 단 두 장이지만 달콤한 내용이라

한번 빠지면 좀체 헤어나올 수 없다

개구쟁이의 손길에 깜짝 놀라

책장을 펄럭이며 날아가는

그의 목적지는 또 다른 꽃밭이다

흰 배

개미 떼가 죽은 나비를 끌고 간다
흰나비 하나 관처럼 누워
찬란했던 생애를 저들의 손에 맡기고 있다
한때 즐거움으로 팔랑거렸을 유채꽃밭을 지나고
달콤한 밀회를 속삭였을 장다리 꽃밭도 지난다
저들의 놀이터가 되었던 꽃밭은
경건하게 흰 머리 풀고 술렁거린다
까만 대열은 꽃향기 자욱한 밭둑으로 향한다
바닷물 같은 꽃향기 속에
흰 배로 풍덩 뛰어들고 싶어 한다

선풍기

나는 그의 일생에 대해 함부로 말하지 않는다
서른 살이 되어서도 희미한 바람을 뿜어내는
그를 누가 함부로 다루겠는가
한세월 가족의 사랑을 먹은 만큼
가족을 위해 비뚜름 고개 돌리고
제 할 일을 하는 그를 누가 욕하겠는가
아버지 이미 가셨지만
불구가 된 몸으로도 가족을 지켰던 그에게
성형에다 목 수술까지 시켜주었지만 결국 숨이 끊어졌다
고운 정 미운 정 다 든 그에게 해줄 수 있는 건
고물상에 보내주는 일이었다

노랑부리저어새

안개 강 너머 홀로 걷는 그녀의 등짝이 외로워 보였다
강변은 아지랑이로 빛났지만
깅물은 지독한 우울증을 앓고 있었다
안개가 짙게 끼어 강의 절반이 보이지 않았다
그녀는 노란 주걱으로 강을 휘저으며
찬거리를 마련하고 있었다
물속을 유영하던 물고기들이 주걱에 딸려 나왔다
새벽의 활기로 버둥거리는 강줄기가
갯내를 풍기며 그녀의 긴 다리처럼 굽이쳐 흘러갔다

나비 2

저기 산마루에 꽃이 피었다
저곳을 수없이 넘나들었지만
만개한 꽃에 한나절 나비처럼 취해 있었다
취하는 일도 때로는 꿀을 빨듯 달콤해진다
그래서 꽃에만 앉으면 떠날 줄 모르는 나비의 마음을 안다

꿀을 위해서가 아니라 꽃이 좋아 종일토록 시간을 보낸다
저렇게 한가롭다고 세월이 무너지지 않는다
다른 꽃에 욕심내지 않고
속절없이 한 꽃에만 머무는 나비를 그래서 사랑한다
아무리 급해도 오랫동안 꽃에 앉아
취할 줄 아는 나비를 사랑한다

투계

맨드라미 꽃밭에 핏물이 흥건하다
꺾인 꽃대 아래 널브러진 벼슬들
어젯밤 투계가 열렸다는 소문은 들었지만
피 터지게 싸울 줄 몰랐다
닭들이 싸운 이유가 궁금했지만
구경꾼들은 약속한 듯 시치미를 뗐다
물증은 없었지만 심증만 갔다
닭들이 누구 벼슬이 더 높나 내기를 하다
싸움이 붙어 물고 쪼고 난리가 났으리라
승자가 없는 싸움인 줄 알았지만
벼슬 찢어진 닭 하나
한쪽 다리를 들고 졸고 있었다

외계인 아내

달밤에 아내가 뜨개질을 한다
대바늘을 쥔 손이 까닥거릴 때마다
털실이 털실 뭉치에서 스르르 풀어진다

그때마다 언덕배기 대숲이
달빛에 소스라치는 소리를 내고
밤새가 애달프게 꾸꾸거린다

밤이 얼마나 깊었는지
아내는 대바늘을 꼭 쥔 채 꾸벅꾸벅 졸고
털실 뭉치가 한쪽 구석으로 쪼르르 굴러갈 때
부질없는 상상이 내 머리를 쳤다

언젠가 내 아내가 된 외계인이
제 고향으로 돌아가려고
대바늘로 외계의 전파를 잡는 밤

그날 가위에 눌려 잠이 들었는데
은빛 우주선이 마당에 불시착한 꿈을 꾸었다

멸치

신문지 위에 멸치 똥을 딴다
지느러미처럼 반짝이는 햇살이 뜨락에 넘친다
대가리 따면 쪼르르 딸러 나오는 똥덩이
바다의 어떤 긴장이
멸치 똥을 굳어버리게 한 것일까
대가리보다 큰 똥덩이를 뱃속에 넣고도
멸치는 제 빛나는 길 활보할 수 있었다
싱싱한 미역 향기와
푸른 물풀의 흔들림을 가슴에 새기며
폭풍 물결 헤쳐 여기까지 왔다
국숫물 속에 잠수할 시간을 기다리며
뜨락에 가지런히 누워 있는 멸치들이
면발에 휘감기는 꿈을 꾼다

소문

산이 단풍 장마 속에 빠져 허우적거렸다
단풍 물이 산비탈을 타고 내려와
밭둑까지 흘러넘쳤다
밭둑에서는 억새꽃이 흰 깃발 흔들며 위험 신호를 보냈다

그때 마침 검은등뻐꾸기가 훌쩍였다
꽃물 찍힌 부리 끝이 반짝거렸다
산속에서는 뻐꾸기가 내놓은 년이라는 소문이 파다했다
제 새끼를 버린 년이 목청은 절창 같다고 손가락질을 했다
손가락에 찔릴까 두려워
단풍 속에 얼굴 파묻고 정체를 숨기고 살았다

군무

창고 속에 쌓아놓은 장작이 육탈한 뼈 같았다
우람했던 통나무를 토막 냈던 도낏자루는 썩어 있고
장작엔 도끼날에 찍힌 상처들이 파다했다
장작을 가슴으로 안았더니
사랑방 노파의 육신처럼 가볍다
불꽃 날름대는 아궁이 속에 집어넣었더니
지글지글 눈물 흘렸다
잘 가라
청춘처럼 불타던 시절을 건너
단풍 물결 너울대는 피안으로 가라
세상 아무리 깨끗하게 살았다 해도
네가 모르는 죄가 있으니
격렬한 춤으로 병든 노파의 등이라도 지져주어라

사랑과 흑심 사이

거미가 그물망을 새벽 숲에 펼쳐놓는다
햇살이 비치자 황홀하게 반짝인다
도망가는 나비는 저것이 거미의 덫이라는 걸 알고 있다
꽁무니에서 긴 줄을 빼내며
사랑을 온몸으로 맹세했던 그것 또한
흑심이라는 것도 알고 있다
공중 그물에 나비를 돌돌 말아놓고
매일 감시하는 것이 어찌 사랑이겠는가
일방적인 사랑은 사랑이 아니라며
거미를 피해 다닌 세월이 수십 년이다
도망 다니느라 밀월 한 번 즐기지도 못했다
죽어도 사랑을 포기하지 않는
거미의 집착에 나비의 세월이 훌쩍 지나갔다

백일홍에서 혁명을 떠올리다

혁명의 시대가 갔다고 말하지 말아라

만발한 백일홍 속에

혁명의 기운이 들끓고 있다

백일홍에서 혁명을 떠올린 것은

러시아 여행 때 보았던 붉은 광장 때문이다

그때 거리를 휩쓸었던 노동자들의 붉은 깃발이

백일홍처럼 무리무리 고개 쳐들고 혁명을 꿈꾸었으리라

연약한 백일홍이 어떻게 백일을 견디나 걱정도 했지만

붉은 기질로 핏대 세워 서 있으면

거뜬히 백일을 견디고도 남으리라

혁명의 시대가 갔다고 말하지 말아라

백일홍이 불타는 여름을 견뎌보면 안다

얼마나 혁명이 힘들고 무서운지를 안다

계급장

부모님은 칠순 넘어 싸움이 더 심해졌다
아버지는 어머니에게 늘 열세다
어머니가 퍼붓는 잔소리에
대항도 못 하고 옥신각신하다 잔뜩 풀이 죽었다
그것에도 이유가 있겠거니 고민해오다
두 분의 이마에 난 주름살이 계급장이란 것을 알았다
노름으로 젊음 탕진한 아버지 탓에
주름투성이 얼굴이 된 어머니
갈매기 어지러운 계급장 달고 나타나면
잔뜩 기죽는 아버지
계급장에 서로 눈 맞추며 옥신각신하다
싸움은 늘 아버지의 패배로 끝났다

산불

산언덕에서 흰 손수건을 흔드는 이가 있다
불났다고 구조 신호를 보내는
손수건의 임자는 아랫마을 외딴집 할매다
밭둑에 불을 놓고 뒤돌아보니
산언덕에 온통 진달래꽃
꽃향기에 지쳐 잠깐 졸던 사이
진달래꽃을 불로 착각한 할매
큰일 났네, 큰일 났어
멧새 울고 고라니 뛰어다니는 산언덕
할매 할매 아직도 정신없구나
밭둑의 불은 저절로 꺼졌는데
아직도 진달래꽃에 홀려
이리 뛰고 저리 뛰며 흔들던 손수건이
분홍 꽃바람에 휘날리는 저녁나절
진달래꽃 저 홀로 붉어 난리가 났다

유행

딸이 티셔츠를 입고 외출을 한다
담배 한 개비 삐딱하게 꼬나문
카다피가 개폼을 잡고 있다
딸이 걸어갈 때마다 티셔츠에 주름이 잡힌다
순간 카다피의 얼굴이 험상궂게 일그러진다
반군에게 쫓겨 다니던 그때의 표정이다
세상일에는 관심 없어
카다피의 정체에 깜깜한 딸
수천 명의 군중에게 총질한 냉혈한을
딸은 왜 가슴에 껴안고 다니나
저런 옷을 입고 다니다 보면
철없는 딸도 언젠가는 냉혈한이 될지 몰라
벗으라고 잔소리를 해도
카다피처럼 얼굴 일그러지는 딸에게
욕지거리 한 다발 시원하게 퍼부어주었다

제2부

고향집은 슬프다

나비 3

나뭇가지에 거미줄이 늪처럼 출렁인다
거미는 투망을 던지는 어부의 심정으로
거미줄을 쳤을 것이다
부푼 거미줄에 흰나비 하나 걸려들어 버둥거리고 있다
그때마다 새벽이 조여들고 있다
거미는 흰나비를 말려 죽일 듯 온종일 현장을 뜨지 않는다
섬뜩한 거미의 눈동자에 생사의 사투가 지나간다

고향집은 슬프다

고향집 펌프가 붉게 녹슬어 있다
펌프질에 이골 난 노모 팔 잡고 끙끙 앓아누운 지 오래
펌프는 그때의 고통을 모른 채 야위어갔다
펌프질 소리처럼 꺽꺽 울던 누이는 남몰래 떠나고
집에 누가 왔나 싶어 가끔 바람이 낙엽을 데리고 온다

고향집 마당에 깔리는 달빛 서러워
여치 소리 풀숲에 묻혀 이슬로 태어나고
낮달은 노모의 얼굴처럼 수척해 있다
혼자 늙어가는 고향집
살짝 왔다 간 내 발소리 듣고
묵은 기둥이 뼈대 일으켜 세우지 않으려나
구들장에 몸져누운 노모의 등을 일으켜 세우지 않으려나
적막만 쌓인 고향집엔 슬픔이 가득하다

나비 4

거미줄에 감겨 죽어가는 나비를 보았다
하늘을 누비며 맘 놓고 꽃을 빨던 자도
허방에 빠질 때가 있으니
세상은 아무에게나 자유롭지 않다
지금 나비의 마음속엔 꿀 따던 시절이 퍼뜩 스칠 것이고
꽃 속에서 합방하던 봄날의 자유가 생각날 것이다

혈서

동백 숲이 일몰을 맞고 있다
붉은 띠를 두르고 혁명을 꿈꾼 것도 잠시
비탈 같은 시절 위험스레 견뎌왔지만
한순간의 폭풍 앞에서 혁명은 끝날 조짐을 보였다
동박새가 무사의 심정으로 부리를 휘둘렀는지
바닥에는 핏물 낭자한 모가지가 뒹굴고 있다
모반을 꿈꾸던 혈서들이 바닥에 흥건하다

염소와 꽃잎

둑에 매여 있는
염소의 콧등에 꽃잎이 내려앉는다
허공 어디쯤에서 날아왔는지
꽃잎이 거뭇거뭇 시들었다
붉은 꽃이 거뭇하게 변할 때까지
세상에는 대체 무슨 일이 있었던가
영영 시들 것 같지 않는 꽃잎에
파르르 떠는 염소의 눈꺼풀
염소도 외눈으로
시든 꽃잎을 슬쩍 보았을 것이다

고백

고목 등걸에서 하트 잎새가 솟아올랐다
나에게 악수를 청하듯
잎은 뜨거운 심장을 갖고 있었다
그 옛날 여자와 사랑을 나누던 일을 기억한다
어쩌다 내 마누라가 되지 못했지만
그때 왜 그녀와 틀어졌는지를 후회한다
그때 내 몸속에서 불타는 심장을 꺼내주듯
여자에게 피 끓는 사랑을 고백했다면
누가 아느냐
지금쯤 내 마누라가 되어
고목 아래서 알콩달콩
지나간 사랑 얘기에 묻혀 있을 줄을

폭우

소나기가 풀들을 향해 총질을 한다
풀들만 보면 지난밤 떠들썩했던 난장이 떠오른다
저 난장이 아니면 풀들이 시퍼렇게 클 수 없기에
소나기는 호시탐탐 지상을 노린다
그러나 무서워해야 할 풀들도 산발한 채
소나기를 구세주처럼 맞는다
말하자면 소나기가 풀들의 운명을 쥐고 있다
저들이 오지 않는 날은 목이 마르고
마음마저 푹푹 찌기에
소나기의 총질을 풀들이 기다리고 있는 것이다

꽃 짐

언젠가 풀꽃을 꽃 짐이라고 생각한 적이 있었다
가냘픈 대궁에 꽃을 얹고 길을 가듯
흔들리는 풀꽃을 보고
어느 여행자를 떠올렸다
그 여행자는 등짐을 지고
땀 뻘뻘 흘리며 협곡을 건너가고 있었다
여행자의 가냘픈 등에 얹혀 있는 짐이
꽃 짐처럼 무거워 보였다

물푸레나무가 쓰는 편지

물푸레나무가 사연을 쓰는 물빛이 파랗다
나뭇가지가 펜촉이 되어
물 위에 낭창낭창 글씨를 휘갈겨 쓴다
글씨를 쓰는 날은 하늘도 잿빛이고
심심하면 파도치던 저수지도
이때만은 도화지가 되어 펜촉에 몸을 맡긴다
이때만큼 은밀한 사랑도 없다
잠자리 떼 꽁무니 말아 물풀 끝에
푸짐한 사랑을 쏟아놓던 날
아직도 그 사랑 잊지 못해 물푸레나무는 혼자 늙어간다
꽃 피고 새 울면 그때가 떠올라
물푸레나무는 나뭇가지에 물빛을 찍어
은밀한 사랑을 풀어놓는 것이다

동백꽃 엽서

우체부가 놓고 간 엽서에 꽃물이 들었다
방금 동백꽃길을 달려왔는지
꽃향기가 자전거의 뒷바퀴를 감아 돌았다
남쪽엔 꽃 천지라는 전화 한 통에 울컥하던 날
나보다 먼저 우체부가 개화 소식을 전해주었다
이제 꽃이 다 지면 자전거는 어디로 달려가나
쓸쓸함만 감기는 자전거 뒤로
꽃샘바람이 심술궂은 얼굴로 달려왔다

시집살이

꽃들이 흐드러진 산길로

새댁이 물동이를 이고 간다

애비 애미 뜯어말려도 소용없더니

겨우 시집간 곳이 오지 산속 오두막이다

밥해 먹느라 물 길러 가는 길이

고생길처럼 구불거린다

아이, 가여워라 가여워라

쑥꾹새 한나절 속절없이 운다

툭하면 내쏟는 시어미 독설에 숨 막히고

쟁쟁거리는 잔소리 들으면 머리끝이 쭈뼛하다

이마로 흘러내리는 물을

손등으로 훔치며 걷는 길가에는

풀들이 띠처럼 시퍼렇게 이어져 있다

시어머니에게 다가갈 수 없는 경계선처럼 선명하다

쑥꾹새 소리에 발 맞춰 걸어가는

새댁의 발걸음이 스텝 맞추듯 노련하다

단풍

1

숲속이 색깔 논쟁을 벌일 때 가을의 길목이 소란스러웠다

2

가을 산이 극채색으로 첩첩하다
내가 나그네라면
산속에 괴나리봇짐을 풀고 싶다
달과 밀월을 즐기며
단풍 같은 사랑을 하고 싶다

3

가을 숲이 어수선하다
잎들이 뒤엉켜 이념 논쟁을 벌인다
초록 잎은 붉은 잎을 좌파라고 우기고
붉은 잎은 초록 잎을 우파라고 욕한다
가을 내내 이념으로
머리끄덩이 잡고 싸웠더니

나무엔 앙상한 나뭇가지만 드러난다

보아라

잎들이 잡고 있는 것은 하나의 뼈대

그 속에는 한 핏줄의 유전자가 있다

형제인 줄 모르고 계절 내내 독하게 싸웠더니

남는 것은 지쳐 나뒹구는 낙엽뿐이다

4

십 리 산골로 완행열차를 타고 간다

단풍 소문이 마을까지 번져

사람들 너도나도 승객이 된다

마음이 급해 급행을 탈까도 했지만

완행이 낭만적이라 룰루랄라 꽃빛 노을 밀며 간다

그곳엔 필시 보금자리 하나쯤 있을 것 같아

열차의 이마는 벌써 가을볕으로 물들었다

이곳엔 곳곳이 비탈이지만

그곳에는 완행열차가 푹 쉴 곳이 있다

엉겅퀴꽃

장례식장 샛길로 엉겅퀴꽃 껑충하다
장의차 한 대씩 떠날 때마다
묵례하듯 허리 굽힌 꽃대궁
솜털씨앗 풀풀 날려 머리통 거의 까까중이다

망자는 엉겅퀴처럼 까칠하였다
아랫도리는 정력이 넘쳤지만
꽃대의 가시로 식구들을 매몰차게 찔러댔다
새끼들에게 눈길 한번 주지 않는 냉혈한으로 살아왔다

울면 운다고 웃으면 웃는다고
식구들을 괴롭혔던 망자의 곁에는
막내 놈만 솜털씨앗처럼 붙어 빈소를 지켜주었다

무꽃

아침 산책 나갔던 흰나비
무꽃에 앉았다가 되돌아온다
마음 급해 팔랑거리는 날갯짓에
새벽이슬만 털고 온다
무꽃은 내일 질까 말까
망설이는 중이다

제3부

붉은 오지

착각

백일홍에 앉았다가

비명을 지르며 도망가는 벌이여

오토바이처럼 감질나는 소리여

한때는 오토바이를 따라갔다

꽃불 속으로 풍덩 빠지는 벌들을 보고

기겁하여 도망친 일이 있었다

그래도 불에 타 죽지 않는 벌을 보고는

저 꽃이 불길이 아니라

꽃들이 쌓아 올린 사랑 탑이란 것을 알았다

벌촛길

꼭두새벽에 숲길 오른다
예초기 돌리며 칡덩굴 쳐내며 올라가는데
저벅거리며 낯선 발소리 내려온다
흠칫 놀라 보니 고향 사람은 아니었다
칡꽃 향기 풍기며 스쳐 가는 그의 뒤로
안개가 유령처럼 따라붙었다
예초기를 산소 앞에 내려놓는데
봉분 앞에 제사를 지낸 흔적이 역력하다
망초꽃을 촛불처럼 켜놓고
칡꽃 향기를 향불처럼 피워놓았다
부리나케 그 뒤를 쫓아갔더니
뿌옇게 스멀거리는 안개 바닷속으로
까만 점 하나 가라앉고 있었다

나비 5

한때 자유자재로 날개를 팔랑이는 그를
부러워한 적이 있었다
그는 무슨 복을 타고나 멀고 먼 협곡까지
단숨에 날아갈 수 있는가
꽃에 앉아서 종잇장처럼 팔랑이는 날개를
무시한 적도 있었다
코흘리개 시절이라고 변명하지 않겠다
꽃과 밀월을 즐기는 그를 채집망으로 포획했던 내 무지를
용서해달라고도 하지 않겠다
그는 자유로운 날개를 가졌지만
날개가 없는 것이 얼마나 큰 속박인지 모른다

고향

젊은 우리 보리밭에서 일 치렀다
모텔처럼 아늑했다
뭉게구름 아래 파도치는 보리밭은 이불이었다
고랑에서 알 까고 간 종다리
적막강산 울리는 꿩도 이곳에서 일 치렀다

우리는 아기에게 보리밭을
고향으로 만들어주고 싶었다
짙푸른 보리 냄새 흥건히 덮쳐 올 것 같은
고향을 물려주고 싶었다

구제역

애초부터 인간의 탐욕이 만든 역이다

광우병과 조류독감에 신종플루까지

한통속이 되어 전염병처럼 생겨나는 역들을 연결하면

서울의 전철 순환선보다 더 복잡하다

구제역에 맨 먼저 도착하는 것들은 돼지다

거친 비명이 공포를 알려준다

탐욕스런 현장은 아우슈비츠의 공포보다 더하다

어쩌면 섬뜩한 광경은

부패한 권력이 서민에게 가하는 폭력과 같다

위험한 사랑

물잠자리들이 강변을 저공비행하고 있다
신혼방을 차리기엔 이곳만치 좋은 곳이 없다
모래톱 파헤치던 포클레인 엔진을 끄고
늙은 기사 깊이 잠든 오후
물잠자리 하필 포클레인 지붕에서 사랑을 한다
저렇게 위험한 사랑 처음이다
기사의 코 고는 소리에 놀라
물잠자리 불안하게 날개를 떤다

골똘

나뭇가지 끝에 고추잠자리가 앉아 있네
대낮인데도 꽁무니에 붉은 미등을 켰네
한참을 조마조마하게 앉아
뭔가를 골똘히 생각하고 있는 중이네
그러다가 바람을 빌려 슬쩍 다리를 고쳐 앉네
끝물 든 가을 들판이 마지막 기도를 하네
오랫동안 골똘한 생각에 잡혀
태양초처럼 말라가고 있네

보쌈 이야기

보쌈 먹는 여자의 일바지가 잘 어울렸다
일바지만 보면 여자는 영락없는 촌부
그녀가 부잣집 딸에서 촌부가 된 데는
말 못 할 사연이 있었다

전직이 도둑이었던 남편 때문이었다
그때만 해도 구레나룻 성성하던 남편
쳐다만 봐도 오금 저리는 얼굴로
여자의 집 담장을 넘는데
사납다는 불독도 짖지 않았다

귀금속을 훔치다가
잠자는 여자의 미모에 반해 그만
여자를 자루 속에 집어넣고 보쌈을 해 온 지 삼십 년
여자는 가끔 뒤웅박 팔자가 된 것을 탓했지만
꽃 같은 아들딸이 있어 참고 살았다

보쌈을 먹으면서 듣는 여자의 얘기가

한 편의 동화 같았지만

사람 된 남편은 들소처럼 웃기만 할 뿐이었다

홍등가 여자

젊은 치기로 홍등가를 헤맨 적이 있었다
비밀리에 들어가는 곳이어서
그믐달이 뜰 때까지 기다렸다
그때 마침 모과나무 꽃망울이
풀풀 터져 나를 맞는데
화장 떡칠한 여자 풍선껌 쫙쫙 씹으며, 자고 가요, 오빠
눈 찡긋거리며 자고 가아
다행히 모과 같은 여자는 아니었다
한평생 모과나무처럼 늙어가는 여자여
옛 애인을 빼닮아
하마터면 여자의 내력을 물으려다 그만두었다
여자의 일생이 파노라마처럼 스쳐 갔으나
더 이상 묻지 않았다
여자가 앵두 입술 오물거리며 풍선껌을 불 때마다
홍등이 모과처럼 흔들거렸다

침묵하는 자들을 위해

촛불을 쳐들지 못하는 너를
겁쟁이라고 하지 않겠다
차라리 나무에게서 배워라
꽃에게서 배워라
그들은 촛불을 쳐들지 못해도 단풍을 쳐들었고
전단을 뿌리지 못해도 꽃잎을 날렸다
사지 멀쩡한 사람들보다
침묵하는 그들에게서 배워라
그들은 꽃을 촛불처럼 켜서 세상을 밝혔고
단풍을 빨간 띠처럼 둘러 세상을 깨웠다
그들의 침묵 속엔
용암처럼 끓어 넘치는 함성이 있다

붉은 오지

빚쟁이가 오지 산속으로 도망을 갔다
길조차 희미해서
일단 들어가면 나올 수 없는 곳이다

갓난아기까지 달고 갔지만 툭하면 가릉가릉 울었다
바람 소리에 놀라고 달빛 소리에 놀라고
벌들의 날갯짓 소리에도 놀라더니만
이마가 절절 끓었다

안개 낀 산마루 너머에 병원이 있었지만
아득한 꿈길 같아 산속만 헤맸다
예전에 달여 먹은 적 있었던 붉은 열매
그것이 치자라는 걸 알고
미친년처럼 숲속을 헤맸지만 그런 열매는 없었다

엄마가 젖을 물려도

오물거리며 우는 아가의 얼굴 위로

호롱불 그림자가 치잣빛 열매처럼 너울거렸다

폐공

느티나무 아래 평상이 부산하다

쉴 날도 아닌데

할마씨들 죄다 느린 손 내려놓았다

느티나무를 쓸고 오는 바람조차 끈적거려

할마씨들 늙은 닭처럼 퍼들고 앉아 수다를 떤다

노모는 외따로 돌아앉아 설레설레 부채질이다

부채 바람이 홑적삼 펄럭일 때마다

메마른 젖꼭지 홑적삼 빤히 열고 내다본다

황무지에 박혀 있는 폐공처럼

젖줄이 마를 나이

팔십 줄 노모를 어떤 자식들이 반겨주리

자식 많아봐야 소용없다는 것 알면서도

눈길이 닿는 곳은 동구 밖 신작로

뿌연 먼지 날리며 버스가 설 때마다

외아들 놈 오는지 마음은 까치발이다

효자손

아비는 아들보다 효자손을 더 사랑한다

골방에 처박혀 담배 연기에 찌들어도

아비가 손을 벌리면 덥석 안긴다

세상 어디에 효자손만 한 자식 있으랴

툭하면 사업한다고 손 벌리고

거절하면 소송까지 내는 세상에

어느 누군들 자식을 경계하지 않으랴

자식은 아비를 위해 제 몸 사리지만

효자손은 아비를 위해 손 닿지 않는 등짝까지 찾아간다

한평생 지게 진 등에 울퉁불퉁 골이 생기고

음습하게 그늘졌지만

효자손은 아비를 보듬는 심정으로 등짝을 긁어준다

효자손은 쉴 틈이 없다

골방에 처박혀 있다가도 아비가 손 내밀면

기꺼이 어둔 등짝 구석구석까지 찾아가는

딱딱한 손아귀엔 요즘 자식들이 갖지 못한 효심 가득하다

만월

보름달이 부푼 배를 껴안고 간다
노파가 배부른 암소를 몰고 가듯
구름장을 헤치며 간다
산달이 되어 친정에 몸 풀러 가는 길
시어미보다 엄마 편해 무작정 나온 길이다

중천에 올라도 친정집은 아득하다
엄마 지금쯤 뭘 하실까 궁금하고
묵밭 일구느라 지쳐 엎어져 주무실까 궁금한데
하늘에는 은하수가 양수처럼 퍼져 있다

정신없이 바빠도 엄마는 아실 거야
배부른 딸년의 산달을
대충 손꼽아도 달맞이꽃 피는 5월인데
달맞이꽃 보면 생각나실 거야

졸며졸며 배를 안고 끌고 가는데

어렴풋이 밝아 오는 자작나무 숲속

아침부터 미역국을 끓이시는지

머리 풀고 올라가는 굴뚝 연기가

엄마의 백발 같아 눈물 핑 돈다

기계 앞의 경배

목돈이 급해 현금 인출기 앞에 섰다

보기만 해도 차갑게 느껴지는 무쇠 덩어리

기도하듯 카드를 밀어 넣으면

기계는 카드를 낚아채 속마음을 읽느라 잘그락거린다

세상 속에 걸어갈 길이 있는지

기계는 잠시 카드의 마음을 읽는다

불의한 권력 앞에서도 주눅 들지 않았어도

기계 앞에만 서면 작아진다

기계는 신처럼 내 인생에 대해 심판을 한다

이대로 가면 벼랑길이라고 잘그락거린다

여태까지 카드를 가슴에 품고 살아왔지만

어느새 내 삶은 내리막길이 되었다

인출기 속에서 돈다발이 뭉텅뭉텅 떨어져도

그건 내 것이 아니다

헉헉대며 막다른 길 걸어왔던

내 뚫린 가슴만 잠시 막아줄 뿐이다

지게

아버지는 지게에 풀짐을 꼭꼭 눌러 묶었다
풀짐이 지게 끈에 묶일수록 냄새를 피워 올렸다
풀끼리 짓눌려 쏟아내는 냄새는 쇠죽처럼 향긋했다
상머슴처럼 아버지의 삶을 빼앗아간 지게
가족들을 먹여 살리는 가장이라는 말은 허울뿐
풀짐에 짓눌려 살아온 아버지의 세월은 고달팠다
풀짐은 눌릴수록 향기가 났지만
아버지는 눌릴수록 삭은 냄새가 났다
어머니는 아버지를 탓했으나
풀짐에 눌린 어깨의 상처에서 나는 냄새라는 걸 몰랐다
아버지는 늙어 지게를 지지 않은 지 오래되었지만
밤마다 풀짐에 눌려 시달리는 꿈을 꾸었다

노숙자

느티나무 아래

부푼 비닐봉지처럼

늘어져 있는 그가 적막한 정거장 같다

제4부

노승과 휘파람새

염탐

흰나비들이 꽃들을 염탐하며 지나간다
꽃들 속에 금가루를 숨겼다는 제보가 신빙성 있었다
벌들이 꽃가루를 긁어대는 것을 보면 심증이 갔다
흰나비들은 꽃가루를 금가루로 알고 있었다
세상이 퍼뜨린 흉흉한 소문 때문이었다
흰나비들은 압수수색을 하려다 말고
달빛 물결을 따라 되돌아간다

개복숭아꽃 필 때

도랑가에 개복숭아꽃 피었다
불어 터진 꽃에서 붉은 향기가 흘러내렸다
개복숭아 나무에 매달려 버둥거리던
떠돌이 개의 원혼처럼
꽃내음 도랑가 너머 마을로 번져 갔다
꽃내음 따라 벌들도 살판났다
열매는 꼴 같지 않은데
꽃은 왜 이리 곱디야
도랑을 올라가는 아낙네 몇 자갈처럼 웅얼거렸다
그 소리 듣고 상심한 꽃들이 떨어지지 않으려나
풀들은 짙어 환장할 봄날인데
꽃들이 개의 젖통처럼 퉁퉁 불어 터져 있었다
도랑의 물살은 하염없이 꽃잎을 받아 흘러가고
나는 옛 추억을 찾아 한없이 도랑 거슬러 올라간다

노모의 평생직장

노모의 평생직장은 밭이다

새벽에 출근하여 황혼에 퇴근을 한다

바쁠 땐 저녁달을 보며 초과근무도 한다

월급은 무보수이고 전공은 밭 매는 일이다

노모가 밭을 맬 땐 주로 호미를 이용한다

밭고랑의 풀들과 온종일 싸우는 일이다

호미가 밭둑으로 풀들을 쫓아내면

새끼 풀들이 진을 치고 그 자리를 물려받는다

저물도록 풀들과 전쟁을 치르면

노모는 몸져눕고 밭일이 두려워 이농을 꿈꾸기도 한다

한평생 무보수로 일에 찌들어도

배운 게 도둑질이라고 한숨이다

죽기 전까지 노모의 평생직장은 밭이다

새벽달 보며 밭으로 출근하고

소쩍새 울면 퇴근을 한다

풀과의 열애

황소가 풀의 알몸을 핥으며
되새김질 소리를 낸다
풀은 그렇게 황소에게 당했다
애무하듯 혀로 핥으면 풀은 쓰러져 눕고
풀밭엔 안개 이불이 살포시 깔렸다
이불 속에서 풀벌레들이
신음을 내뱉듯 찌그럭거렸다

황소는 풀을 그렇게 눕혔다
안개로 씻은 풀의 몸이
황소의 주둥이 속으로 빨려 들어갔다
잘근잘근 씹을 때마다
주둥이에서 질척하게 침이 흘러내렸다
황소는 방정맞게도
풀들과의 열애를 상상하는 모양이다

금잔화

금 술잔 속에 포도주를 채워주오

가득 채우지는 말고 뭉게구름이 담길 만큼만 채워주오

오늘 내가 꿈에 그리던 애인이 온다 했소

그녀를 위해 따라주는 이 술잔에 행복이 출렁거린다면

나 얼굴 빨개지도록 마셔보리라

취해보고 울어도 보고 가슴 쥐어뜯으며 기다렸던 애인아

오려면 빨리 오지 왜 그리 발걸음 더딘지

속만 바싹 타들어 가는데

우리 건배해요

그녀가 약속을 어긴다 해도 절망하지 않으려오

성난 황소

성난 황소가 살구나무 등짝을 무식하게 들이받는다
뭉툭한 뿔이 등짝 푹푹 찍어댈 때마다
살구꽃이 눈발처럼 흩날린다
어저께의 말 못 할 사연 때문인가
밭 갈다 주인에게 회초리 두들겨 맞고
분하다고 콧김 푹푹 뿜더니
애꿎은 살구나무에게 분풀이를 한다
살구나무 등짝이 주인 것으로 보였는지
껍질이 푹푹 까질 때까지
무식하게 들이받기만 한다

막춤

빨래가 피곤한 몸을 말린다
지상으로 추락하지 말라며
집게가 빡세게 옷들을 부여잡는다
땡볕에 지치다 보면 몸 근질거리고
그래도 참을 수 없는 근성이 발동하면
남몰래 바람을 기다린다
어떻게 알고 찾아온 바람이 빨랫줄을 흔들자
빨래가 슬슬 리듬을 탄다
세탁기 속에서 추던 막춤처럼
브라는 팬티와 엉기고
잠옷은 런닝셔츠와 엉겨 붙어 난리를 친다
아빠가 엄마에게 추파를 던지듯
엄마가 아빠에게 윙크하듯
런닝셔츠가 장미꽃 브라를 잡아당기고
꽃무늬 팬티가 분홍 잠옷을 밀어내면서
한낮의 오후를 즐기고 있다

꽃구경

연회장에 앉아 회를 먹는데
넥타이가 큰 실수를 했다
늘어진 넥타이가 먼저 초장을 찍어 먹었다
순식간에 벌어졌지만 치명적인 실수였다
집에서도 아버지 먼저 숟갈 들어야 밥 먹는데
넥타이 싸가지 반 푼어치도 없는 놈이었다
일단 내 목을 아프게 졸라야 사는
처지를 이해하기로 했다
너무 취해 혀를 늘어뜨린 것이 잘못이었다
넥타이의 실수로 와이셔츠는 만신창이가 됐다
내 삶 문지르듯 손수건으로 닦고 닦았지만
얼룩덜룩 꽃밭이 되었다
예식장에 와서 실컷 꽃구경을 한 날이었다

엄마 신발

산에 갔다 온 아이가
엄마 신발을 닮았다며 박주가리 열매를 따왔다

엄마는 옛날에 집을 나갔다

아이가 철들 무렵
엄마가 부엉이처럼 집에 찾아와
옆방 문틈에 귀를 대고 훌쩍이는 날이 많았는데
그때마다 주정뱅이 아버지는
엄마를 땅에 내동댕이치곤 했다

그때 벗겨졌던 엄마의 신발이
아직도 마루 밑에서 먼지를 덮어쓰고 누워 있었다

첫사랑

아내가 호박꼬지를 볕에 널어 말린다
채반에 촘촘히 배열하니 영락없는 상형문자다
아내가 호박꼬지를 볕에 널어 말리는 이유는 단 하나
첫사랑을 상형문자로 기록하고 싶다는 것이다
세상 어느 누구도 해독할 수 없는 문자를 만들어
가슴속에 숨겨 넣고 싶다는 것이다
정말이지 그때 우리의 첫사랑은 벌들처럼 뜨거웠다
심심하면 꽃 덤불 속으로 날아와
꽃가루를 전해주고 달아나던
벌들의 수줍은 꽁무니를 본 적이 있었다
세상의 눈길을 피해 맺은 우리의 사랑이
어쩌면 벌들의 사랑과 흡사할까
홍조 띤 아내의 얼굴을 보면 안다
아내가 널어놓은 상형문자엔
호박꼬지 같은 꼬들꼬들한 첫사랑 얘기가
숨어 있을지 모른다

중매

벌들이 꽃 덤불 속에 들어가 중매를 선다
명주 날개 팔랑거리며 암꽃들을 찾아다닌다
스펙도 가문도 필요 없는 이곳
질 좋은 꽃가루가 스펙이고 가문이었다
중매가 필요한 곳이면
수만 리 강길을 날아서 간다고 하였다
첩첩산중 넘어서라도 간다고 하였다
중매쟁이 벌들 오늘도 꽃가루 한짐 싸 들고 왔다

고운 색시가 필요하면 오셔요
애기 쑥쑥 잘 낳는 며느릿감 원하시면 오셔요

탐욕

애벌레들이 무밭을 통째로 아작낸다
푸르뎅뎅 몸 붓는 줄로 모르고
꿈틀거리면서 무잎을 갉아 먹는다
과식할수록 몸이 가벼워지는 것을 알기라도 하는 것일까
몸이 무거워야 하늘을 날 수 있다는 역설을
믿기라도 하는 것일까
진절머리 나도록 뜯어 먹힌 무잎들
잎의 절반은 몽땅 날아가 앙상한 줄거리만 남았다
흰나비가 되기 위해
통째로 무밭을 아작내는
애벌레의 탐욕이 사랑보다 더 눈물겹다

노승과 휘파람새

노승이 대숲 길을 간다
머리통 반짝이며 흰 고무신 끌며 간다
꽁지 까딱거리며 노승을 따라가는
휘파람새의 눈동자에 외로움이 묻어 있다
저 새의 눈동자 속에
소슬한 절집 한 채 들어 있음을 알겠다
노승을 따라가는 휘파람새 울어준다면
처마 끝 풍경도 휘파람 소리로 대답하겠다
늙은 절을 가슴속에 넣고
대숲 길 히적히적 걷는 노승은 행복하겠다
꽃들이나 새들이나 모두 행복하겠다

서어나무 숲으로 난 길

그녀만 보면 마음이 설레는 날이 있다
서어나무 숲이 너무 멀고 흐릿할 땐
그 길을 가지 않았으나
그녀가 망부석처럼 서서
나를 기다린다는 소문 때문에 갔다

오뉴월 태풍이 사정없이 꽃잎을 흔들어댈 때였다
태풍이 몰아칠 때도 그녀가 오색나비처럼
산길에 앉아 나를 기다린다는 소문이 들릴 때도
바람이 서어나무 숲을 흔들어댔다

폭우 몰아치는 날에도
서어나무 숲을 가보았는데
그때까지도 그녀는 꼼짝 않고 앉아
나를 기다리고 있었다

고로쇠나무 할머니

할머니가 중환자실 침대에 누워 있다
까칠한 살결마다 링거 줄이 무성하였다
산수유 꽃내음 따라
숲속으로 달려가던 옛날이 그리웠나
껍질마다 상처를 낸 지난 봄날이 궁금하였다

생전의 죗값 발설하라며
고문을 했던 순간을 떠올렸다
휑한 눈으로 훌쩍이는 할머니
허리춤에는 그새 묵직한 수액 주머니가 매달렸다
생전의 죗값처럼 쉴 새 없이 수액이 굴러떨어졌다
수액 주머니만큼 묵직한 할머니의 하루가
고로쇠나무처럼 메말라갔다

폐가

1

주인이 없으니 거미집만 늘어간다
야반도주한 주인의 흔적은 잊자는 듯
처마 끝에 거미집이 풀썩거린다
그래도 한 가닥 미련이 남았는지
가끔 거미가 형형한 눈빛으로 대문 쪽을 노려본다
필시 주인을 기다리듯
거미집엔 그리움이 식욕처럼 출렁거린다
가끔 거미줄로 뛰어든 풀벌레를
번데기처럼 말아 풍장을 치를 때
흰 꽃잎이 조화처럼 붙어 떨어지지 않는다

2

왕거미가 허공에 거미집을 펼쳤다
날벌레를 위해
풍장을 치러주는 곳
흰 꽃잎 조화처럼 붙이고

검은 찬송가를 부르는 그 앞에
폐가는 진종일 슬픔으로 출렁인다
가출한 주인이
몇 해째 돌아오지 않는다는 소문이
흉흉해지는 밤이었다

그리움의 길

싸락눈이 총탄처럼 퍼붓고 있다
명아주 꽃대가 푹 주저앉았다
방금 앉았던 콩새도 놀라 후르르 하늘로 솟구쳤다
들판도 지쳐 하얗게 드러누웠다
눈 쌓인 들판 더듬거리며
고향집 앞에 멈춰 섰을 때
대문에서 시작된 말간 길이 현관문까지 이어졌다
오래전 집 나간 아들을 기다리는 마음으로
노모가 그리움의 길 말갛게 닦아놓았구나

봄날 잔치

버드나무가 머리칼 풀어 강둑에 늘어지면
산비탈 앵도화도 화르르 피었지요
벌 떼들 부릉거리며 꿀샘 찾아다니면
강 언덕 산도화도 빰 붉어졌지요
봄날이면 산골짝 따라 쑥꾹새 소리 어지럽고
벌들은 달콤하게 울었지요
온종일 풀밭 위에 벌렁 드러누워
강물 같은 구름 한 점 목메어 바라보네요

대쪽 같은 사랑

대숲에 갔다 온 뒤로
여자를 보는 눈이 달라졌다
대쪽 같은 사랑은 이럴 때 하고 싶은 말이다
북풍한설을 맞으면서도 휘어지지 않는 사랑
휘어지다가도 시퍼렇게 일어서는 사랑
그런 사랑이 여자를 까무러치게 한다
그래서 대숲은 늘 여자의 마음으로 운다
조막만 한 멧새 하나 앉아도
휘청 휘어지다가 시퍼렇게 일어서는 사랑
이런 사랑이 대숲에서는 우후죽순 일어난다

경물(景物)의 시학

맹문재

1.

　유진택 시인은 경물을 바라보면서 가족과 연인은 물론 자신이 살아가는 이 세계를 사랑하고 있다. 주관적인 감정이나 관념으로 대상을 노래하는 것이 아니라 경물과 객관적인 거리를 유지하면서 사랑을 의미화하는 것이다.

　경물시는 대상에 대한 묘사를 중시한다는 점에서 영미의 이미지즘 시와 유사한 면이 있다. 작품의 자아가 중심이 되지 않고 대상 스스로 존재성을 드러낸다는 차원에서 공통점이 있는 것이다. 그렇지만 이미지즘 시에서의 시적 대상은 자아의 가시적인 범주로 한정된 것으로서 단순화되고 객체화된다. 객관의 기준을 시인의 눈앞에 드러난 형상 그 자체에 두기 때문에 대상은 고유한 속성을 나타내지 못한다. 시적 대상은 시적 자아에 의해 사물화된 객체, 즉 시적 자아가 주도하는 타율적인 대상에 불과한 것이다. 따라서 형상 너머에 존재하는 대상의 의의를 자율적으로 환기하

는 경물시와는 차이를 보인다.[1]

경물시는 작품의 자아와 대상의 관계가 유연하고 자율적이다. 상호 독립성을 지니면서 자아가 보지 못한 대상의 의미를 수용하는 것이다. 그리하여 경물의 형상 너머에 존재하는 본질을 비추어 보며 유기적인 관계를 갖는다. 자아와 대상이 통합이나 융합을 추구하지 않더라도 서로 친밀하고 조화로운 서정성을 띠는 것이다. 동화나 투사를 통한 자아와 대상의 동일화를 추구하는 것과는 다르게 자아가 중심이 되지 않으면서 대상과 조화와 균형을 이루는 것이다.

> 버드나무가 머리칼 풀어 강둑에 늘어지면
> 산비탈 앵도화도 화르르 피었지요
> 벌 떼들 부릉거리며 꿀샘 찾아다니면
> 강 언덕 산도화도 빰 붉어졌지요
> 봄날이면 산골짝 따라 쑥꾹새 소리 어지럽고
> 벌들은 달콤하게 울었지요
> 온종일 풀밭 위에 벌렁 드러누워
> 강물 같은 구름 한 점 목메어 바라보네요
>
> ─「봄날 잔치」 전문

위의 작품의 화자는 "버드나무가 머리칼 풀어 강둑에 늘어지면/ 산비탈 앵도화도 화르르 피"는 모습을 묘사하고 있다. "벌 떼들 부릉거리며 꿀샘 찾아다니면/강 언덕 산도화도 빰 붉어"지는 모습이

---

1 장동석, 「한국 현대시의 경물 연구」, 홍익대학교 대학원 국어국문학과 박사학위 논문, 2010, 29~35쪽.

나, "봄날이면 산골짝 따라 쑥꾹새 소리 어지럽고/벌들은 달콤하게" 우는 모습을 그린 것도 마찬가지이다. 그와 같은 상황 속에서 화자는 "온종일 풀밭 위에 벌렁 드러누워/강물 같은 구름 한 점 목매어 바라"본다. 버드나무며 앵도화며 벌 떼며 산도화며 쑥국새를 관조적인 태도로 향하여 보는 것이다. 그러면서 화자는 대상들을 단순히 바라보지 않고 표상 너머의 의의를 추구한다. "봄날 잔치"를, 봄날의 아름다움과 생명력과 평화로움을 의미화하는 것이다.

한평생 독서삼매에 빠진 그를 존경한다
책장 활짝 펼쳐든 그를 보면 희망이 생긴다
그가 독서를 하기 위해
날아간 곳은 꽃들이 만발한 꽃밭
독서삼매에 빠지려면 꿀샘을 빨듯이 해야 한다며
눈은 찬찬히 분홍 꽃술을 읽는다
책장은 단 두 장이지만 달콤한 내용이라
한번 빠지면 좀체 헤어 나올 수 없다
개구쟁이의 손길에 깜짝 놀라
책장을 펄럭이며 날아가는
그의 목적지는 또 다른 꽃밭이다
　　　　　　　　　　　　　　　　　　　—「나비 1」 전문

위의 작품의 화자는 "한평생 독서삼매에 빠진" "나비"를 "존경"하면서 "책장 활짝 펼쳐든 그를 보면 희망이 생긴다"고 말한다. 자기중심의 세계관을 지양하고 "나비"와 상호 관계를 갖고 그의 고유성을 나타내는 것이다. "나비"가 "독서삼매에 빠지려면 꿀샘을 빨듯이 해야 한다며/눈은 찬찬히 분홍 꽃술을 읽는" 모습이나 "책장

은 단 두 장이지만 달콤한 내용이라/한번 빠지면 좀체 헤어 나올
수 없"는 모습을 묘사한 것도 그러하다. "나비"가 "날아간 곳은 꽃
들이 만발한 꽃밭"인데, 그곳에서 "독서"하는 모습을 그린 것도 그
의 존재성을 의미화한 모습이다. 화자는 이와 같은 자세로 사랑을
변주한다.

2.

느티나무 아래 평상이 부산하다
쉴 날도 아닌데
할마씨들 죄다 느린 손 내려놓았다
느티나무를 쓸고 오는 바람조차 끈적거려
할마씨들 늙은 닭처럼 퍼들고 앉아 수다를 떤다
노모는 외따로 돌아앉아 설레설레 부채질이다
부채 바람이 홑적삼 펄럭일 때마다
메마른 젖꼭지 홑적삼 빤히 열고 내다본다
황무지에 박혀 있는 폐공처럼
젖줄이 마를 나이
팔십 줄 노모를 어떤 자식들이 반겨주리
자식 많아봐야 소용없다는 것 알면서도
눈길이 닿는 곳은 동구 밖 신작로
뿌연 먼지 날리며 버스가 설 때마다
외아들 놈 오는지 마음은 까치발이다

—「폐공」 전문

"할마씨들 죄다 느린 손 내려놓"은 "느티나무 아래 평상이 부산"

한 정경을 화자는 묘사하고 있다. "쉴 날도 아닌데" 할머니들이 평상에 모인 것은 "느티나무를 쓸고 오는 바람조차 끈적거"리는 날이어서 일하기 힘들기 때문이다. 그리하여 "할마씨들 늙은 닭처럼 퍼들고 앉아 수다를" 떨고 있는데, "노모는 외따로 돌아앉아 설레설레 부채질"을 한다. "부채 바람이 홑적삼 펄럭일 때마다/메마른 젖꼭지 홑적삼 빤히 열고 내다"보기도 한다. "황무지에 박혀 있는 폐공처럼/젖줄이 마를 나이"인 "팔십 줄 노모를 어떤 자식들이 반겨"줄 것인가마는 "노모"는 자식 사랑을 포기하지 않는다. "자식 많아봐야 소용없다는 것 알면서도/눈길이 닿는 곳은 동구 밖 신작로/뿌연 먼지 날리며 버스가 설 때마다/외아들 놈 오는지 마음은 까치발"인 것이다. "노모"는 자식으로부터 어떤 사랑을 받기보다 자식에게 사랑을 주는 데에서 행복을 느낀다. "노모"의 그 사랑은 자식으로부터 대가를 바라지 않고 헌신하는 것이기에 숭고하다. 그리하여 "노모"의 얼굴은 지극히 도덕적인 힘을 지닌다.

어머니의 얼굴은 자식을 걱정하고 안쓰러워하고 희생하는 마음이 배어 있기에 어떤 강자의 얼굴보다 힘이 있다. 자식은 어머니의 얼굴을 통해 자신을 둘러싸고 있는 세계로부터 이탈될 수 없음을 자각한다. 타자로부터 자신을 분리해서는 정체성을 확립할 수 없음을, 타인의 얼굴을 인정하고 수용할 때 진정한 자신의 얼굴을 만들 수 있음을, 어머니의 얼굴에서 깨닫는 것이다. 그리하여 자신의 얼굴을 만들기 위해 어머니의 얼굴을 최대한 품는다. 타자를 배척하기보다는 자신을 낮추어 품는 것이다.[2]

---

2   맹문재, 「얼굴의 시학」, 『시학의 변주』, 서정시학, 2007, 46~47쪽.

호박꽃이 색소폰처럼 벌어진 날이었다
산 녘에 산제비나비 날고 보름달이 만삭일 때였다
평상에 가족들이 제비 새끼처럼 모여 앉아
호박잎쌈 우격다짐으로 입 속에 밀어 넣었다
콧김 푹푹 뿜으며 악다구니로 씹는 입들이
둑에 엎어져 되새김질하는 황소의 주둥이를 닮아간다

———「봄밤」 전문

위의 작품의 "봄밤" 이미지는 "호박꽃이 색소폰처럼 벌어"지고, "산녘에 산제비나비 날고 보름달이 만삭"인 것으로 표현되고 있다. 작품의 화자가 대상들을 객관적으로 묘사해 모두 자족성을 지닌다. 대상들이 인과론적인 연관성이나 원근법적인 관계에서 벗어나 고유성을 유지하고 있는 것이다. 그리하여 "봄밤"은 화자가 비추어본 질서나 범주를 넘어서는 의미를 생성한다. "평상에 가족들이 제비 새끼처럼 모여 앉아/호박잎쌈 우격다짐으로 입 속에 밀어 넣"는 모습이나, "콧김 푹푹 뿜으며 악다구니로 씹는 입들이/둑에 엎어져 되새김질하는 황소의 주둥이를 닮"은 모습이 그러하다. 화자는 호박꽃, 산제비, 보름달, 가족, 황소 등을 통해 풍요롭고 생명력 넘치고 평화로운 가족 사랑을 내보이고 있는 것이다.

작품의 화자가 "노파가 배부른 암소를 몰고 가듯/구름장을 헤치며" 가는 "보름달"에서 "산달이 되어 친정에 몸 풀러" 가는 "엄마"(「만월」)를 떠올리는 것도, "달밤에 아내가 뜨개질을" 하는 모습에서 "언젠가 내 아내가 된 외계인이/제 고향으로 돌아가려고/대바늘로 외계의 전파를 잡는"(「외계인 아내」) 자세로 여기는 것도 가족 사랑의 변주이다.

3.

　　고목 등걸에서 하트 잎새가 솟아올랐다
　　나에게 악수를 청하듯
　　잎은 뜨거운 심장을 갖고 있었다
　　그 옛날 여자와 사랑을 나누던 일을 기억한다
　　어쩌다 내 마누라가 되지 못했지만
　　그때 왜 그녀와 틀어졌는지를 후회한다
　　그때 내 몸속에서 불타는 심장을 꺼내주듯
　　여자에게 피 끓는 사랑을 고백했다면
　　누가 아느냐
　　지금쯤 내 마누라가 되어
　　고목 아래서 알콩달콩
　　지나간 사랑 얘기에 묻혀 있을 줄을

　　　　　　　　　　　　　　　　　—「고백」 전문

　위의 작품의 화자는 "고목 등걸에서 하트 잎새가 솟아"오른 모습을 바라보면서 "악수를 청하듯/잎은 뜨거운 심장을 갖고 있"는 것을 발견한다. 주관적인 감정을 지양한 채 수평적인 관계에서, "잎새"와 시선을 교환하면서 "사랑"의 고유성을 자각하는 것이다. 다시 말해 화자에 의해 설명되거나 확정되지 않고 "잎새"의 이미지를 통해 "뜨거운 심장을 갖"는 "사랑"을 알게 된 것이다. 그리하여 화자는 "그 옛날 여자와 사랑을 나누던 일을 기억한다". 또한 "그때 내 몸속에서 불타는 심장을 꺼내주듯/여자에게 피 끓는 사랑을 고백"할 것을, 그렇게 하지 못한 것을 아쉬워한다. 후회하는 마음을 내보이는 것이 아니라 사랑의 의의를 제시하는 것이다.

아내가 호박꼬지를 볕에 넣어 말린다
채반에 촘촘히 배열하니 영락없는 상형문자다
아내가 호박꼬지를 볕에 넣어 말리는 이유는 단 하나
첫사랑을 상형문자로 기록하고 싶다는 것이다
세상 어느 누구도 해독할 수 없는 문자를 만들어
가슴속에 숨겨 넣고 싶다는 것이다
정말이지 그때 우리의 첫사랑은 벌들처럼 뜨거웠었다
심심하면 꽃 덤불 속으로 날아와
꽃가루를 전해주고 달아나던
벌들의 수줍은 꽁무니를 본 적이 있었다
세상의 눈길을 피해 맺은 우리의 사랑이
어쩌면 벌들의 사랑과 흡사할까
홍조 띤 아내의 얼굴을 보면 안다
아내가 넣어놓은 상형문자엔
호박꼬지 같은 꼬들꼬들한 첫사랑 얘기가
숨어 있을지 모른다

—「첫사랑」전문

위의 작품의 화자는 "아내가 호박꼬지를 볕에 넣어 말"리는 장면에서 "영락없는 상형문자"를 발견한다. 그리고 "아내가 호박꼬지를 볕에 넣어 말리는 이유는 단 하나/첫사랑을 상형문자로 기록하고 싶다는 것"으로, "세상 어느 누구도 해독할 수 없는 문자를 만들어/가슴속에 숨겨 넣고 싶다는 것"으로 여긴다. 화자가 호박꼬지를 바라보면서 상형문자를 연상하고, 상형문자를 바라보면서 첫사랑을 연상하는 것은 의도에 의한 것이 아니다. 주관적인 개입을 제어하고 대상들을 객관적으로 통찰한 데서 이루어진 것이다.

"사랑"은 원근의 거리감으로는 밝힐 수 없는 고유성을 지닌다. 그리하여 화자는 "상형문자"를 통해 "그때 우리의 첫사랑은 벌들처럼 뜨거웠었다"는 사실을 떠올리며 "심심하면 꽃 덤불 속으로 날아와/꽃가루를 전해주고 달아나던/벌들의 수줍은 꽁무니를" 되살린다. "세상의 눈길을 피해 맺은 우리의 사랑이/어쩌면 벌들의 사랑과 흡사"한 사실을 환기하는 것이다.

> 대숲에 갔다 온 뒤로
> 여자를 보는 눈이 달라졌다
> 대쪽 같은 사랑은 이럴 때 하고 싶은 말이다
> 북풍한설을 맞으면서도 휘어지지 않는 사랑
> 휘어지다가도 시퍼렇게 일어서는 사랑
> 그런 사랑이 여자를 까무러치게 한다
> 그래서 대숲은 늘 여자의 마음으로 운다
> 조막만 한 멧새 하나 앉아도
> 휘청 휘어지다가 시퍼렇게 일어서는 사랑
> 이런 사랑이 대숲에서는 우후죽순 일어난다
> ―「대쪽 같은 사랑」 전문

"대숲에 갔다 온 뒤로/여자를 보는 눈이 달라졌다"고 화자는 토로한다. "대쪽 같은 사랑은 이럴 때 하고 싶은 말"이라는 진리를 비로소 깨달았다는 것이다. 그것은 "북풍한설을 맞으면서도 휘어지지 않는 사랑/휘어지다가도 시퍼렇게 일어서는 사랑"을 보았기 때문이다. "조막만 한 멧새 하나 앉아도/휘청 휘어지다가 시퍼렇게 일어서는 사랑"도 보았기 때문이다. 그리하여 화자는 "이런 사랑이 대숲에서는 우후죽순 일어"나는 모습을 보고, "그런 사랑이 여자를 까무러치게 한다"고 간파한다. "대숲은 늘 여자의 마음으로 운다"고, 사랑의 본질을 새롭게 인식하는 것이다.

사랑은 근본적으로 의지의 행위이다. 나의 생명을 다른 사람의 생명에 전적으로 맡기는 결심에서 비롯되는 것이다. 이것이 결혼은 서로 결코 갈라설 수 없다는 사상의 배경을 이루는 근거이다. 누군가를 사랑한다는 것은 강렬한 감정만이 아니라 결단이고 판단이고 그리고 약속이다. 만약 사랑이 감정에 불과하다면 서로 사랑하리라고 약속한 기반은 무너질 것이다. 감정은 몰려왔다 몰려가는 것에 불과하기 때문이다. 서로의 사랑에 의지와 위임이 결여되어 있다면 사랑은 영원히 존재할 수 없다. 따라서 이성애는 배타적이지만 그를 통해 모든 사람을 사랑할 수 있는 것이다.[3]

4.

사랑은 본래 한정된 대상과의 관계에 국한되지 않는다. 사랑은 한 대상과의 관계가 아니라 전 세계와의 관계를 결정하는 자세이다. 한 사람만 사랑하고 그 밖의 사람들에게는 관심이 없다면 그 사랑은 팽창된 이기주의에 불과하다. 그런데도 대부분의 사람들은 사랑을 받는 사람 외에는 아무도 사랑하지 않는 것이 사랑의 열렬함을 증명하는 것이라고 생각한다. 이와 같은 사랑은 잘못된 것이다. 누군가에게 나는 당신을 사랑한다고 말할 수 있다면 나는

---

3 에리히 프롬, 이완희 옮김, 『사랑의 기술』, 문장, 1983, 72~74쪽.

당신을 통해 모든 사람을 사랑하고 세계를 사랑하고 나 자신도 사랑한다고 말할 수 있어야 한다.[4] 그렇게 했을 때 가족애도 이성애도 사회애로 확장될 수 있는 것이다.

> 혁명의 시대가 갔다고 말하지 말아라
> 만발한 백일홍 속에
> 혁명의 기운이 들끓고 있다
> 백일홍에서 혁명을 떠올린 것은
> 러시아 여행 때 보았던 붉은 광장 때문이다
> 그때 거리를 휩쓸었던 노동자들의 붉은 깃발이
> 백일홍처럼 무리무리 고개 쳐들고 혁명을 꿈꾸었으리라
> 연약한 백일홍이 어떻게 백일을 견디나 걱정도 했지만
> 붉은 기질로 핏대 세워 서 있으면
> 거뜬히 백일을 견디고도 남으리라
> 혁명의 시대가 갔다고 말하지 말아라
> 백일홍이 불타는 여름을 견뎌보면 안다
> 얼마나 혁명이 힘들고 무서운지를 안다
> ―「백일홍에서 혁명을 떠올리다」 전문

위의 작품의 화자가 "혁명의 시대가 갔다고 말하지 말아라"라고 주장하는 것은 의도에 의한 것이 아니라 "만발한 백일홍 속에"서 "혁명의 기운이 들끓고 있"는 것을 보았기 때문이다. 화자가 "백일홍에서 혁명을 떠올린 것" 또한 "러시아 여행 때 보았던 붉은 광장"이 있기 때문이다. 결국 화자는 백일홍과 러시아의 붉은 광장을

---

4 위의 책, 62~63쪽.

통해 혁명을 꿈꾸는 것이다. 혁명의 기운이 화자의 의지나 이념에 의해서가 아니라 대상들에 의해 생성된 것이다. 그리하여 "연약한 백일홍이 어떻게 백일을 견디나 걱정도 했지만/붉은 기질로 핏대 세워 서 있으면/거뜬히 백일을 견디고도 남으리라"고 믿고 "혁명의 시대가 갔다고 말하지 말아라"라고 말한다. "백일홍이 불타는 여름을 견뎌보면" "얼마나 혁명이 힘들고 무서운지를 안다"고 자신하고 있는 것이다.

> 동백 숲이 일몰을 맞고 있다
> 붉은 띠를 두르고 혁명을 꿈꾼 것도 잠시
> 비탈 같은 시절 위험스레 견뎌왔지만
> 한순간의 폭풍 앞에서 혁명은 끝날 조짐을 보였다
> 동박새가 무사의 심정으로 부리를 휘둘렀는지
> 바닥에는 핏물 낭자한 모가지가 뒹굴고 있다
> 모반을 꿈꾸던 혈서들이 바닥에 흥건하다
>
> ―「혈서」 전문

위의 작품의 화자는 "동백 숲이 일몰을 맞고 있"는 장면 앞에서 "붉은 띠를 두르고 혁명을 꿈꾼 것도 잠시/비탈 같은 시절 위험스레 견뎌왔지만/한순간의 폭풍 앞에서 혁명은 끝날 조짐을" 우려한다. 화자의 선입견에 의해서가 아니라 대상을 통해서, 즉 저녁 무렵의 "동백 숲"을 바라보면서 떠올린 것이다. 그와 같은 모습은 "동박새가 무사의 심정으로 부리를 휘둘렀는지/바닥에는 핏물 낭자한 모가지가 뒹굴고 있다/모반을 꿈꾸던 혈서들이 바닥에 흥건하다"라는 표상에서도 확인된다. 혁명을 이루는 일이 얼마나 어려운

지 보여주면서 아울러 혁명이 얼마나 필요한지를 제시하고 있는
것이다.

> 촛불을 쳐들지 못하는 너를
> 겁쟁이라고 하지 않겠다
> 차라리 나무에게서 배워라
> 꽃에게서 배워라
> 그들은 촛불을 쳐들지 못해도 단풍을 쳐들었고
> 전단을 뿌리지 못해도 꽃잎을 날렸다
> 사지 멀쩡한 사람들보다
> 침묵하는 그들에게서 배워라
> 그들은 꽃을 촛불처럼 켜서 세상을 밝혔고
> 단풍을 빨간 띠처럼 둘러 세상을 깨웠다
> 그들의 침묵 속엔
> 용암처럼 끓어 넘치는 함성이 있다
> ―「침묵하는 자들을 위해」 전문

"촛불"의 의미를 "차라리 나무에게서 배워라/꽃에게서 배워라"
라고 화자는 제시하고 있다. 그 이유는 "나무"는 "촛불을 쳐들지 못
해도 단풍을 쳐들었고", "꽃"은 "전단을 뿌리지 못해도 꽃잎을 날
렸"기 때문이다. 화자는 자신을 "촛불"의 중심에 두지 않는다. 자신
이 이 세계를 둘러싸고 있는 것이 아니라 이 세계가 자신을 둘러
싸고 있다는 사실을 인정하는 것이다. 그러므로 화자는 자신의 시
선으로는 대상의 본질을 간파할 수 없으므로 자신의 주체적인 사
유에 의해서가 아니라 대상과 상호관계를 맺어야 한다고 여긴다.
그리하여 "사지 멀쩡한 사람들보다/침묵하는 그들에게서 배"우려

고 한다. "그들은 꽃을 촛불처럼 켜서 세상을 밝혔고/단풍을 빨간 띠처럼 둘러 세상을 깨웠"기 때문이다. 결국 "그들의 침묵 속엔/용암처럼 끓어 넘치는 함성이 있"음을 들은 것이다.

이와 같이 작품의 화자와 대상은 주체와 객체로 구분할 수 없다. 화자는 자신의 욕구를 위해 경물을 도구화하거나 목적화하지 않고 이물관물의 태도로 바라본다. 자아의 인위적인 개입 없이 경물의 실재를 인식하는 것이다. 경물은 화자가 바라보는 형상 그 너머에서 자신의 영역을 지니고 있다. 따라서 그와 같은 실재 앞에서 화자는 침묵할 수밖에 없다. 그렇지만 화자의 침묵이 경물을 회피하는 것이 아니고, 경물의 침묵이 자기 존재를 숨기는 것도 아니다. 침묵이 기의를 고착시키는 것도 아니다. 오히려 경물의 기의를 다양하게 인정함으로써 사랑의 의미가 확대되고 심화된다.

자본주의가 심화되는 오늘의 상황에서 경물을 통한 사랑의 변주는 큰 의미를 갖는다. 자본가는 자기 자본의 확장과 권력 유지에 지대한 관심을 갖고 있고, 노동자는 거대한 자본에 맞서는 노동조합에 결탁되어 결국 자립심을 잃고 있기 때문이다. 뿐만 아니라 분업화되고 기계화되고 자동화된 노동 과정에서 노동자는 공장의 소모품으로 전락되어 개성을 상실하고 있기 때문이다. 시장의 상품으로 취급받는 노동자는 자신으로부터도, 사람들로부터도, 그리고 자연으로부터도 소외되고 있다. 의식주를 해결하고 문화생활을 영위하고 세계를 바라보는 많은 정보를 소유하고 있지만 자아의 상실로 말미암아 피상적인 존재에 불과한 것이다. 따라서 경물을 통해 가족애와 이성애와 사회애를 추구하는 시인의 세계인식은 주목된다. 사랑의 본질을 회복하고 사랑의 의의를 인식하고 사랑의 가치를 지향하기 때문이다.

孟文在 | 문학평론가 · 안양대 교수

푸른사상 시선 102

염소와 꽃잎